KB010767

죽어서도 사랑할 당신

뱅크북

이 책을 세상에서 가장 소중한 인연,

_____님께 드립니다.

Nor art, nor nature ever created a lovelier thing than
you.
예술도 자연도 이제까지 그대보다 아름다운 것을 만들어
내진 못했소. -테스中

언제까지나 기다릴께요. 그것이 운명이라해도 운명을 넘어서. 영원히...
-The ludlows

-나 훗날에... ☆

꽃집 앞을 지나다
그녀가 좋아하는 꽃이 보이면
가끔은
'당신 안을 수 있을 만큼 맘껏 안아봐.'하고는
그 꽃을 선물로 사줄 수 있는...

영화 볼 때 사랑하는 남녀가
헤어지는 장면이 나오면
말없이 손을 잡아주며
어떤 확신을 줄 수 있는...

여자친구가 다이어트 하면
어떤 위로의 말 대신
곁에서 묵묵히 같이 굶어줄 수 있는...

늦은 밤에 전화해서 보고싶다 말하면
잠결에 추리닝 바람으로
택시라도 타고 달려와
반가운 웃음 보여줄 수 있는...

갑자기 바다 내음이 그립다고 말하면
근처 횟집으로라도 달려가
빈 병에 바닷물이라도
하나가득 담아다 줄 수 있는...

사랑하는 사람이 지독한 감기에 걸려
아파하고 있으면
약 대신 진한 키스를 해 준 후
같이 감기에 걸려
그 고통을 함께 나눌 수 있는...

길을 걷다 갑자기 소낙비가 내리면
자신의 웃옷을 벗어
사랑하는 사람의 머리에
씌워줄 수 있는...

사랑하는 사람이 외롭고 힘들어
누군가와 이야기를 하고 싶을 때면
조용히 집 근처 포장마차로 불러내
곁에서 밤새 술잔을 따르며

그 넋두리 다 들어줄 수 있는...

세상 모든 사람들이
그 사람을 비난하고 욕할지라도
훌쩍이고 있는
그 사람의 눈물을 닦아주며
'그래도 난 당신 편이야.'라고
말할 수 있는...

바람 불어 누군가 몹시 그리운 날
가끔은 전화나 문자 메시지가 아닌
편지지에 그 사람의 이름을 가득 채우며
흐뭇한 미소지을 수 있는...

평소엔 지적이고 품위 있게 행동하지만
사랑하는 사람과 데이트 할 땐
솜사탕을 찢어 먹으며
호탕하게 웃을 수도 있고
아이스크림 묻은 입술을
굳이 닦지 않아도 좋은...

그가 나와 인연이 아니어서
남남으로 되돌아서는 서러운 날이
찾아올지라도
웃음으로 담담히 떠나보내고
홀로 그 아픔 다 감당할 수 있는...

그 사람 어느 날 우연히
길가에서 마주치더라도
모르는 척 외면하는 것이 아니라
반갑게 손을 건네고 되돌아서서
조금은 어색해진 서로의 모습 속에서
쓴웃음 한번 흘릴 수 있는...

설령, 그 사람 다른 사람과
결혼한다는 소리 들릴지라도
그 사람 행복 위해 미래의 내 행복까지
기꺼이 내어 줄 수 있는...

조금은 바보 같고 어리석어 보이지만
필요하다면 사랑하는 사람을 위해

자신의 가장 소중한 부분까지
기꺼이 내어놓을 수 있는...

나 훗날에,
당신에게 이런 사람이었으면 합니다.

차례

나와 끝까지 가는 인연이었으면

차례

사랑해요, 작고 못난 내가

차례

나와 끝까지 가는 인연이었으면

우리 더도 말고
바다 한가운데다
동전 떨어뜨려
다시 찾을 때까지만
서로 사랑하자...

인생열차

이번에 승차할 역은 인연 역입니다.
객실 안엔 지금껏 그토록 찾아 헤매던
당신의 반쪽이 탑승할 확률이 높으오니
졸거나 딴전 피지 말고
주변을 잘 한번 살펴보시기 바랍니다.

이번 역은 사랑 역입니다.
그동안 찾아 헤매던 자신의 반쪽과
뜻 깊고 의미 있는 시간되시길 바랍니다.
하지만 아무리 자신의 짝이 좋아도
공공 장소에선 되도록
자극적인 키스나 포옹 등은
자제해 주시기 바랍니다.

이번 역은 이별 역입니다.
방금 전에 만난 인연이
전부터 내가 찾던
그 반쪽인지 잘 확인하여 주시고,
아닐 경우에는 한시라도 빨리
자신의 짝을 찾아 다른 자리로

이동해 주시기 바랍니다.
사소한 오해나 혹은
시기, 질투, 불신 등으로 인해
서로 등을 돌린 커플 등도 속히 내리시어
다음 열차로 갈아타시기 바랍니다.

이번에 숭차하실 역은 그리움 역입니다.
열차에 오르시기 전엔
필히 손수건 하나씩을 준비해 주시고,
열차가 수개월, 혹은 수십 년 동안
어둠뿐이고 혹독한 추위가 엄습하는
기나긴 터널을 지나게 될지 모르오니
마음에 준비를 단단히 해주시기 바랍니다.

이, 이봐요! 아까부터 계속 차창 밖으로
고개 내밀고 뒤돌아보시는 분!
속히 머리를 열차 안으로
집어넣으시기 바랍니다.
방금 전 이별 역에서 내리셨던
그 여자 분은 당신 인연이 아니라는데도
왜 자꾸 미련을 못 버리십니까?

아, 죄...죄송합니다.
이번 역은 미련 역이었습니다.

이번 역은 이 열차의 종착역인
추억 역입니다.
내리실 때는 잊으신 추억이 없나
다시 한 번 잘 살펴보시고
목적지까지 안녕히 가시기 바랍니다.
최근 들어 안 좋은 추억이라고 해서
열차 안에 몰래 버리고
가시는 분들이 많이 계신데,
내리실 땐 필히 자신들의 추억을
하나도 남김없이 모두 가지고
내리시기 바랍니다.
그럼 저희 '인생열차'를 이용해 주신 것을
다시 한 번 감사드리며,
한번뿐인 여러분들의 앞날에
늘 기쁘고 감사한일들만 그득하시길~

전 이 열차의 기관사인 최정재였습니다.

너 알아

네가 너무 예뻐서
꼬옥 안아주고 싶을 때가 있어
하지만 숨 막혀 죽을까봐
그저 먼발치에서 바라만 보는 거야

나도 가끔은 혼자이고 싶을 때가 있어
그런데도 네가 귀찮아 할 정도로
자주 연락하는 건
내 소식 끊기면
네가 애가 타서 죽을까봐 그러는 거야

나도 네가 원하는 건 다 들어주고 싶어
그런데도 나중에 다 해준다고 계속 미루는 건
지금 다 해주면 네가 너무 좋아
심장마비로 죽을까봐 그러는 거야

내가 널 만날 때마다 키스하자고 조르는 건
잠시라도 산소공급을 해주시 잃으면
창백한 얼굴의 네가 금방이라도 쓰러져
죽을 것만 같아서 그러는 거야

이런 내가 인연이 아니라는 이유로
사랑하는 너와 헤어지려고 하는 건
우리 함께 살면 너무 행복해서
얼마 못살고 금방 죽어버릴 것 같아서
그러는 거야

단 하루를 살더라도
너와 함께 하고 싶은데...
그래도 난 괜찮은데
괜히 네가 나 때문에 불행해질까봐 겁나서
이렇게 서둘러 널 떠나보내는 거야.
바보 같이 착한 널 너무 사랑해서...

랩프가 타고 있는 동안 인생을 즐겨라. 시들기 전에 장미를 꺾어라. -우스테
리-

신씨 아저씨

  우리 마을엔 한쪽 다리를 약간 절룩거리는 신씨
라 불리는 아저씨가 살고 있습니다.

  그는 내가 결혼하고 새집을 장만했을 때 우리 집
에 우유와 신문을 넣어주던 사람이었습니다.

  그 후 무슨 인연인지 내 딸아이가 유치원에 다닐
때는 통근버스 기사로 일했고, 초등학교 다닐 땐 학
교 앞에서 문방구를 운영하기도 했습니다.

  또한 남편을 먼저 하늘나라로 보내고 생계를 위
해 생선장사를 시작할 땐 하루가 멀다하고 찾아오
던 단골손님이기도 했습니다.

  그것도 장사를 파장할 무렵에만 찾아와서 그 날
팔다 남은 생선만을 떨이로 사가던...

  동네의 궂은일도 도맡아 하던 그는 매일 아침 생
선가게 앞을 깨끗이 청소해 주기도 했습니다.

  하지만 난 그 분에게 무더운 여름날에도 수고한
다고 물 한 잔 내어 준 적이 없습니다.

  그저 특별한 이유도 없이 그의 친절과 관심이 부
담스럽게만 느껴졌을 뿐이었습니다.

그러던 어느 날이었습니다.

그가 결혼했다는 소식이 들려왔습니다.

처음엔 대수롭지 않게 생각했지만 시간이 흐르면서 이상하게 기분이 묘해지기 시작했습니다.

누군가가 나에게 관심을 가져주고 따스한 눈길을 보내준다는 것이 얼마나 감사한 일인지 조금씩 깨닫기 시작할 무렵이었습니다.

생선가게 문을 막 닫으려고 하는데 그 사람이 언제나처럼 내 앞에 나타났습니다.

내가 처음으로 음료수라도 하나 건네주려고 하는데 그가 사춘기 소녀처럼 발그스레한 표정으로 꼬깃한 쪽지 하나를 건네주며 말했습니다.

"저... 이거... 앞으로는 생선 사러오기 힘들 것 같네요..."

그는 약간은 쓸쓸함에 젖어있는 미소를 남기고는 그렇게 제 곁에서 떠나갔습니다.

'20년 전 고 3때 서울로 전학 와서 한 소녀를 우연히 보게 되었습니다.

그리고 사랑에 빠져버렸습니다.

열심히 공부해서 좋은 대학에 들어갔고, 사법고시 1차 합격하던 날 그 소녀에게 사랑을 고백하리라 나 자신과 약속했었는데...

그만 갑작스런 교통사고로 시력을 거의 잃어버리게 되었습니다.

그 후, 몇 차례의 수술 끝에 시력이 다시 회복되기는 했지만 소녀는 이미 다른 남자에게 시집을 간 상태였습니다.

그 소녀에게 이제 사랑한다 말할 수 없었지만, 차마 잊을 수가 없었기에 조금 욕심을 내 가끔이나마 그녀를 볼 수 있는 곳으로 이사를 갔습니다.

그 후로 그녀와 그녀 닮은 딸아이가 커 가는 모습을 지켜보는 것이 내겐 가장 큰 행복이 되었습니다.

하지만 이제는 떠나야 할 때가 온 것 같습니다.

부모님의 뜻을 더는 거역할 수가 없어 얼마 전에 한 여자와 결혼했는데...

내가 먹지도 못하는 생선을 매일 저녁 한 무더기씩 사오는 그 이유를 그녀가 알아버렸기 때문입니다.

　　그동안 정말 죄송하고 고마웠습니다.

　　작고 못난 내가 허락도 없이 당신 사랑해서요...

　　그리고 마음이 아파도 볼 수 있는 거리에 늘 서 있어 주셔서... 그럼..."

장미의 향기는 그 꽃을 준 손에 머물러 있다. -아다 베야르-

우리

밤하늘엔 노란 별들이 그득해야
어울리는 거야

황금들녘엔 허수아비 한 마리가 있어야
제격이고

장미꽃엔 안개꽃이 있어야
왠지 분위기 있고 근사해 보이지

피자엔 콜라가 제격이고
네 곁엔 내가 있어야
가장 이상적이라는 거 너 알아?

우리 더도 말고
바다 한가운데다 동전 떨어뜨려
다시 찾을 때까지만 서로 사랑하자.

못난 나로 인해

당신 사랑하는 것이
죄 중에서 가장 무서운 죄라면
그 죄로 인해 목숨을 버려야 할지라도
이 세상에서 오직 나 하나만이
죄인이 되게 하소서

당신 사랑하는 것이
내 안의 행복을 저버리고
혹독한 가시밭길을 걸어가는
고난의 외길이라 할지라도
이 세상에서 오직 나 혼자만이
그 무거운 십자가를 지게 하소서

그 사람 내게 늘 미안하다고,
더는 주지 못해 속상하다 말하지만
그 사람이 이 세상에 존재한다는 사실만으로도
내가 얼마나 감사하고 따사로운지
이제 그 사람도 알게 하소서

그 사람은 내게 있어
아득히 먼 가을하늘 같은 존재입니다
이제 쓸쓸하기만 한 그 사람 인생이
못난 나로 인해
조금이나마 밝고 따사로운 빛으로
채워지길...

시는 가장 행복하고 가장 선한 마음의 가장 선하고 가장 행복한 순간의 기록이다.
-MW 셸리-

사랑의 비밀

옛날, 소년에겐 사랑하는 소녀가 있었습니다.

하지만 소녀는 소년의 사랑을 믿지 않았습니다.

사랑한다 말하면 그 증거를 보여 달라고만 했습니다.

소년은 난감했습니다.

아무리 고민해도 소녀를 사랑하는 자신의 마음을 보여줄 방법이 없었기 때문이었습니다.

기다림에 지친 소녀가 다른 사랑을 찾아 떠나가던 날이었습니다.

소년은 하나님께 원망하듯 물었습니다.

"왜 사랑을 사람들이 쉽게 볼 수 있는 곳에 두지 내 마음 속 가장 깊은 곳에 그리도 꼭꼭 숨겨 두셨나요?"

그러자 하나님이 말씀하셨습니다.

"애야, 그건 요즘 사람들이 마음 속 깊은 곳은 잘 들여다보지 않기 때문이란다.

그래서 널 진실로 사랑하고 이해하는 사람만 볼 수 있게 네 맘속 가장 깊은 곳에 그리도 꼭꼭 숨겨 놓은 것이란다..."

천년 전에

어제 그녀가 좋아하는 드라마를
함께 보지 못해
녹화해서 선물로 보내주었습니다.

신문에 근사한 봄길 드라이브 코스가
소개 되었길래
이번 주말에 그녀와 함께 가려고
신문기사를 오려두었습니다.

점심때 우연히 먹은
해물스파게티가 너무 맛있길래
저녁 때 그녀와 함께
또다시 그 가게를 찾았습니다.

문자사서함이 꽉 차서 지우려고 하다가
그가 보낸 글만 있어서
차마 지우시 못했습니다.

잠이 안 온다는 그녀를 위해
노래를 불러주고, 시를 읽어주고,
재미난 얘기를 들려주다가
이젠 내가 더 심한 불면증환자가 되었습니다.

그런데도 그 사람 나만 보면
이것저것 더 해달라고
어린 아이처럼 졸라댑니다.

그러고 보면 한 천년 전쯤에
내가 그녀에게 엄청 큰 빚을 지었나 봅니다.
그녀의 말이라면
지금 이렇게 군소리 한번 못하고
그 맹랑한 부탁
다 들어주고 있으니 말입니다.

그 사람은

예전엔 모르던 사람이었습니다
우린 어쩜 수없이 스쳐지나가면서도
눈길 한번 주지 않았던 그런
인연이었는지도 모릅니다

지금은 사랑하는 사람입니다
잠시만 떨어져 있어도
보고 싶어 미칠 것만 같은 그런
열정적인 사이입니다

나중엔 아마 편안한 사람이 되겠죠
이 폭풍우 같은 감정이 잦아들면
생을 마감하는 그 순간까지
한 결 같은 맘으로 날
사랑해줄 사람이니까요

감사해요,
그게 바로 당신이어서.

내 마음에 새긴 당신

친구들이 아무리 많아도
왜이리 외로움을 타는지

돈을 벌만큼 버는데도
왜 이리 하고 싶은 것들이 많은지

밥은 먹으면 먹을수록
더 큰 허기를 가져다주고,
잠은 자면 잘수록
더 많은 하품이 쏟아져 나오는지

그런데...
다른 것들은 욕심내면 낼수록,
알면 알수록 날 더 공허하게 만드는데

당신은 그저 곁에 있기만 해도 좋으니,
아무것도 안 먹어도 배부르고,
알면 알수록 더 사랑스럽기만 하니....

내 마음속 가장 깊은 곳에 새긴 당신,
영원히 사랑하겠습니다.

사랑 받는 일은 불타오름에 지나지 않으나 사랑하는 것은 마르지 않는 기름에 의해
빛남을 말한다. 그러므로, 사랑 받는 것은 사라져 버리지만 사랑하는 것은 오랫동안
지속한다. -릴케-

그래도...

당신의 눈가엔 늘 행복한 웃음이 가득합니다.
하지만 그런 당신을 사랑하는 내 눈가엔
늘 보이지 않는 눈물이 고여 있다는 것을....

당신은 늘 자신감에 차있고 당당합니다.
하지만 그런 당신을 사랑하는 내겐
주눅 들어 상처 입은 자존심만이 존재함을...

당신은 '사랑해'라는 말에
참으로 인색한 사람입니다
하지만 난 당신이 '사랑해'라는
그 말 한마디 듣길 얼마나 소망하는지를...

그래도 당신은 늘 입버릇처럼
불행하다고 말하지만
난 당신 사랑해서 참 행복한사람입니다.

그런 사랑

고민이 있습니다
나 언제부터인가 한 사람을
가슴에 품으며 살아가고 있습니다
사람들은 사랑의 시작이라고 말하지만
난 그지 떨리고 두러울 뿐입니다
그 사람 멀리서 바라보기만 해도
가슴이 벅차 터져 버릴 것만 같은 존재입니다
그 사람이 내 앞에서
고운 미소라도 보여주는 날엔
금방이라도 하늘로 날아오를 것처럼 행복해집니다
아무래도 첫사랑이어서 그런 것 같습니다
그의 맑은 두 눈과 영혼이
그저 좋기만 합니다
많이 두렵고 떨리지만
그를 이 생명 다하는 날까지
두고두고 열심 다해
사랑하고, 존경하고, 섬기며
살아가고 싶습니다
지키고 싶습니다

어느 날 운명처럼 다가온 그 사랑...
세상에 그런 사랑이
어디 있느냐고 반문할지 모르지만
내가 지금 그런 사랑을 하고 있습니다.

사랑이란 두 개의 고독한 영혼이 서로 지키고, 접촉하고, 기쁨을 나누는 데 있다.
-릴케-

나의 작은 소망

난 가진 것이 없습니다
남들처럼 잘 생기지도 않았고
돈이 그리 많은 것도 아닙니다
하지만 주제넘게 당신을 사랑합니다
내 비록 지금 가난하지만
작은 것이라도 나눠주고 싶습니다
그마저도 불가능하다면
차디찬 바닥에 무릎을 꿇고
당신을 위해 기도해 주려고 합니다
나 가진 것 다 내어주고
더는 드릴 것이 없어
먼 허공만을 바라보며 긴 한숨 내쉬는 이 맘...
그것이 사랑이 아니어도 좋습니다
하지만 당신, 이것만은 기억하세요
당신이 날 외면하는 지금 이 순간에도
내가 여전히 당신만을 사랑하는 것은,
내가 행복해지기 위함이 아니라
다른 사람이 아닌 나로 인해
당신이 행복해지길 바라는 나의 작은
소망 때문이라는 것을...

지금은 통화중

지금 거신 사랑은 통화중입니다
지금 한 사람과
소중한 인연을 만드느라 바쁘오니
잠시 후에 다시 연락 주시기 바랍니다

지금 거신 사랑은 외출중입니다
약간의 말다툼과 오해로 잠시 냉전 중이오니
시베리아성 저기압 세력이 다소 약해지면
다시 연락바랍니다

지금 거신 사랑은 추억여행을 하고있는 중입니다
눈가에 내리는 비가 멈추고
상처투성이 가슴이 다 아물면
그때 다시 연락바랍니다

지금거신 사랑은 현재
다시서기를 하고있는 중입니다
많이 아프고 두렵기는 하지만
그래도 처음부터 다시서기를 하려고 하오니

상처받은 가슴이 다 아물기 전엔
당분간 연락을 유보해 주시기 바랍니다.

자신이 해야 할 일을 결정하는 사람은 세상에서 단 한 사람, 오직 나 자신뿐이다.
-오손 웰스

만남

처음에 널 만났을 땐
그저 스쳐 지나는 바람 같았어

두 번째 널 만났을 땐
이상하게 발걸음이 멈춰지고
눈길이 자꾸 너에게로만 향하더라

세 번째 널 만났을 땐
혹시라도 내가 널
좋아하게 되는 것은 아닐까 두려웠어

그리고 네 번째로 널 만난 오늘,
문득 그런 생각이 들더라
지금 내가 널 사랑하는 것은
그게 내 운명이기 때문이 아닐까라는...

바보 같은 사랑

이 세상에서 가장 안타까운 사랑은
희나리 같은 사랑이 아닐까
사랑을 채 피우기도 전에
재가 되어 날아가 버리니까

이 세상에서 가장 두려운 사랑은
수소 풍선 같은 사랑이 아닐까
조금만 더 욕심내면 금새 터져 버리니까

이 세상에서 가장 실망스런 사랑은
탄산음료수 같은 사랑이 아닐까
처음엔 환호하듯 톡 쏘지만
조금만 시간이 흐르면
맹맹하게 그 사랑 식어버리니까

이 세상에서 가장 서글픈 사랑은
수정 테잎과 같은 사랑이 아닐까
그 애틋했던 사랑의 흔적마저
순식간에 깨끗이 지워버리니까

이 세상에서 가장 이기적인 사랑은
뷔페 같은 사랑이 아닐까
자신의 조건과 입맛에 맞는 사랑만 하니까

이 세상에서 가장 바보 같은 사랑은
우물 같은 사랑이 아닐까
사랑하는 사람이 원하면
바닥끝에 고여 있는 한 방울의 영혼까지
기쁜 마음으로 다 내어줘야 하니까

하지만...
이 보다 백 배 천 배 더 바보 같은 사랑은
지금 그런 사랑을 하면서도
그것이 사랑인줄도 모르는 '당신'이란 바보고,
그런 바보를 여전히 곁에서 바라보고만 있는
'나'라는 바보랍니다.

바닷가재

난생 처음 바닷가재를 먹던 날
그녀에게서 헤어지자는 전화가 걸려왔다
난 아무런 말도 못하고
바닷가재를 깨끗이 다 먹었다.
그리고는 얼마 후 누군가가 내게
바닷가재 맛이 어떠냐고 물었을 때,
난 쓴 미소를 지으며 이렇게 말했다.

"많이 쓰리고 아리더라!
마치 깨진 유리조각 씹듯... 그게..."

세상에는 세 가지 타입의 친구가 있다. 너를 사랑하는 친구, 너를 잊어버리는
친구, 너를 미워하는 친구가 그것이다. -장 파울-

그건 말야

뭐 먹을래?
-아무거나

우리 어디로 놀러 갈래?
-아무 곳이나

우리 언제 결혼할까?
-아무 때나

늘 그렇게 무심하게 말하던 그 사람,
어느 날 내가
'우리 이제 그만 만나자'고 하자
'맘대로 해' 그럴 줄 알았더니
눈물 글썽이며 그러더군요
-나, 너 아니면 안 돼...

사랑해요,
작고 못난 내가

난 네가 너무 이쁘고 사랑스러워
평생이라도 업고 다니고 싶은데
그럴 수 없어
너의 신발이라도 되어 널 섬기고 싶고
다음 세상에서도 널 사랑하고 싶은데
그럴 수 없어
그래서 매일 너의 귀에 대고
이렇게 속삭이는 거야.

"죽어서도 너만 사랑할께..."

이유

꽃가게를 지날 때면
애써 외면하며 하늘만 바라봅니다

맛난 음식을 먹을 때면
먼저 반주로 소주부터 한잔합니다

TV를 볼 때면
될 수 있으면 드라마는 보지 않으려고 합니다

술을 마실 땐
아무 기억이 안 날 때까지 끝까지 마십니다

애절한 노랫말의 유행가는 듣지도
부르지도 않으려고 합니다

난 지금 '그대잊기'중입니다.

오늘

잠이 안 올 때 수면제 반 알을 쪼개먹으면
졸음은 쏟아지지만
곧바로 잠이 오지는 않습니다.

잠이 안 올 때 수면제 한 알을 먹으면
잠은 쉽게 오지만
다음날 일어나기가 몹시 힘겹습니다.

벌써 수면제 다섯 알을 삼켰습니다
그런데도 이상하게 잠은 안 오고
정신이 더더욱 또렷해지기만 합니다

그러고 보니 오늘은
그녀와 헤어진지 100일째 되는
그런 날입니다.

아버지

난 어릴 적에 호되게 한번 열병을 앓은 후부터 한동안 머리카락이 다 빠지고 더는 자라지 않게 되었다.

학교를 다니면서부터 이런 내 모습은 아이들의 놀림거리가 되었고, 난 그럴 때마다 학교에 다니지 않겠다며 부모님들의 마음을 아프게 했다.

그러던 어느 날이었다.

학교에서 집으로 돌아왔던 난 아버지의 모습을 보고 깜짝 놀랐다.

마치 털을 뽑다만 생닭처럼 아버지의 머리 모양이 이상했기 때문이었다.

아버지의 말씀에 의하면 새벽에 소죽을 끓이는데 그만 아궁이에서 불길이 치솟아 올라 머리카락을 다 태워버렸다는 것이었다.

아버지는 그 후로 외출할 때면 늘 모자를 깊숙이 눌러 쓰고 다니셨다.

머리카락 때문에 죽고 싶을 정도로 열등감에 시달렸던 난 그런 아버지 앞에서 더는 투정을 부릴 수가 없었다.

가끔 너무 속상해서 밥도 먹지 않고 방안에 숨어 울고 있으면 아버지는 말없이 안으로 들어와 한참 동안 머리털 하나 없는 내 머리를 쓰다듬어 주시다 나가시곤 했다.

나와 같은 아픔을 가지고 있었기 때문일까.

그것만으로는 난 엄청난 위로를 받을 수 있었다.

그러던 어느 무덥던 여름날이었다.

하루는 모처럼 만에 아버지와 단 둘이 자게 됐는데, 잠결에 좀 이상한 것이 손에 잡혔다.

아버지의 머리맡에 무엇인가가 떨어져 있어서 눈을 떠보니 숱이 듬성듬성 나 있는 좀 우스꽝스러운 모양의 가발이었다.

다음날 아침이었다.

아버지가 밭에 일하러 나가시자 엄마가 내게 말씀해 주셨다.

사실은 전에 아궁이 불에 아버지의 머리카락을 다 태웠다는 거 거짓말이라고...

같은 아픔을 가져야 아들을 위로할 수 있을 것 같아서 지금껏 교회에서 연극할 때 사용하던 보기 흉한 가발을 빌려서 매일 같이 착용하고 다녔던 것이라고...

하나님은 모래알 하나하나를 사랑하듯이 그의 창조물인 전 우주를 사랑하고, 나뭇잎과 하느님이 내려주시는 모든 빛을 사랑하신다. 동물을 사랑하고, 모든 자라나는 식물들, 그리고 모든 물건들도 다 사랑하라. 그대가 이와 같이 모든 사물을 사랑한다면, 그 사물 속에 깃들어 있는 하느님의 비밀이 계시될 것이다. -도스토예프스키-

아마 그럴 것입니다

전에 보지 못했던 낯선 사람이
어느 날 문득 당신 곁에 서성이고 있으면
그건 당신에게
의미 있는 존재가 되기 위함입니다

침착하던 그 사람이
당신 앞에서 허둥대거나 잦은 실수를 한다면
그건 당신에게 잘 보이기 위해
긴장하고 있기 때문입니다

고개조차 들지 못하던 그 사람이
자꾸만 뜨거운 눈길로 당신을 바라보는 것은
무언가 중요한 고백을 하기 위함입니다

과묵하던 사람이 갑자기 말이 많아지고
유치한 농담도 곧잘 내뱉는 것은
당신과 좀 더 편안한 존재가 되기 위함입니다

당신이 아무리 큰 잘못해도

'괜찮아!'라고 말하거나
남들과 다른 의견을 주장할 때도
'난 당신 믿어'라고 말하는 것은
당신을 진심으로 사랑하기 때문입니다

헤어질 때 당신의 뒷모습이 없어질 때까지
바라보는 것은
잠시 떨어져 지내는 것조차
용납 안 될 정도로
당신과 영원히 함께 하고 싶기 때문입니다

미래의 삶보다 지나간 이야기를 자주하고
뜨거운 키스는커녕 짧은 포옹조차 부담스러워하며
전화 걸면
'나 지금 바빠'하는 소리가 나오기 시작하면
이제 당신과 헤어질 준비를 하고있기 때문입니다

그리고 누군가 당신에게
이런 이야기를 들려주는 것은

그 사람이 먼저 이런 아픈 경험을
했었기 때문일 것입니다.

하나님의 용서를 얻지 못할 죄는 이 세상에 없다. 하나님은 사람을 결코 버림받게
놔두지 않는다. 계속해서 사랑한다. 끝없는 하나님의 사랑을 받으면서도 계속 큰
죄를 범할 사람이 어디 있겠는가. 인간이기 때문에 죄를 지을 수가 있다. 그러나
즉각 반성을 하라. 그리하면 하나님의 용서를 받게 될 것이고, 나아가 다시 죄를
범하지 않는 인생을 부여받게 될 것이다. -도스토예프스키-

고마워요, 행복하세요

널 알고부터는
시간이 너무도 빨리 가는 거 있지
가슴은 벅차오르고
지금껏 느끼지 못했던 그 어색함이란.

인연이 이런 것일까
필연이었으면 좋겠는데...
눈만 감으면
때와 장소를 가리지 않고 생각나던 너

우리에게도 이별은 찾아왔고
결코 말 못할 것 같은 그 무거운 침묵...
고개 떨구며, 눈물 떨구며
우린 겨우 한마디했지
이제 정말 안녕이라고...

지난 추억 때문에 눈물이 나
하지만 널 잊겠다는
그 약속, 그 맹세 지킬게

껌종이만 보여도 네 이름 석자 적고
유치한 유행가 가사만 들어도
마치 내 이야기인양 슬픔이 깃들지만
이제 너의 흔적 지우려고 해

아직도 내 마음 아프게 하는 너지만,
아직도 미움보단
널 사랑하는 그 마음이 더 크기에
먼 훗날 우리 같은 곳을
바라볼 수 있길 소망하며...

고마워요, 행복하세요...

난 말야

난 사람들이 많이 모이는 곳은
딱 질색이야
하지만 그 속에 네가 있으면
그 부산함도 좋아

난 비는 딱 질색인데
너와 함께라면 우산을 쓰지 않고 걸어도
마냥 좋아

난 싸움이라면 딱 질색인데
널 지키기 위해서라면
100대 1로 맞짱 떠도 겁나지 않아

난 네가 너무 이쁘고 사랑스러워
평생이라도 업고 다니고 싶은데
그럴 수 없어
너의 신발이라도 되어 널 섬기고 싶고
다음 세상에서도 널 사랑하고 싶은데
그럴 수 없어

그래서 매일 너의 귀에 대고
이렇게 속삭이는 거야.

"죽어서도 너만 사랑할께..."

첫사랑의 매력은 언젠가는 첫사랑이 끝난다는 것을 모른다는 점이다. -디즈레일리

당신, 사랑해요

사는 게 조금은 벅차고 힘겨울 때
살며시 손을 내밀어 보세요
내가 친근한 휴식처가 되어
당신을 위로해 드리겠습니다

살다가 어느 날 문득 화나는 일이 있으면
속으로 삭이지만 말고
날 향해 소리질러 보세요
내가 그 욕, 그 스트레스 다 받아주겠습니다

기분 울적하다고 노래방에서 혼자
청승맞게 눈물 훌쩍이며 노래부르지 말고
날 대신 불러주세요
내가 옆에서 개다리춤이라도 함께 추며
당신의 작은 웃음이라도 되어드리겠습니다

낯선거리를 걷다가 갑자기 허기지면
패스트푸드점에 들어가
몸에 안 좋은 콜라와 햄버거 먹지말고

내게 전화 한 통 때려주세요
당신 좋아하는 따뜻한 참치김밥 한 줄에,
얼음 동동 띄운 시원한 생 녹차 보온병에 담아
당신 있는 곳으로 득달같이 달려가겠습니다

-당신 지금 많이 힘들어한다는 거 다 알아요
그렇다고 해도 혼자서 그 무거운 멍에
다 짊어지고 가려하지 말아요
내가 당신 이야기 다 들어줄 테니까...
내가 당신 머리 기댈
포근한 어깨 되어줄 테니까...
조금만 내게 덜어줘요
필요하다면 잠시만 날 이용해도 좋아요
난 멀리서 당신 힘들어하는 거 지켜보는 것보다
곁에서 당신 위해
자그나마 무엇인가 해 줄 수 있을 때
훨씬 더 행복한 사람이니까요...

당신, 사랑해요...

그 이유

널 처음 만났을 때 내가 움찔했던 것은
운명적으로 내 반쪽이란 걸 직감했기 때문이야
그런데도 쉽사리 다가서지 못하고
네 주위만 계속 맴돌았던 건
내 맘을 보여주면 네가 당황하여
그대로 어디론가 훌쩍 달아나 버릴 것만
같았기 때문이었어
널 갖고 싶으면서도
가끔은 무심한 척 고개를 돌리고
길을 걸을 때도
의식적으로 일정한 간격을 두었던 건
네가 너무 소중해서 결혼 전까지
깨끗하게 지켜주고 싶었기 때문이었어
가끔 까닭 없이 소리내어 웃었던 것은
그냥 너와 함께 하는 모든 것들이
믿기지 않을 정도로 행복했었기 때문이었으며
가끔 몰래 숨어서 눈물 훔쳤던 것은
그만큼 널 사랑해서였어

떠날 때 웃음을 보였던 것은
날 잊지 말아달라는 의미였으며
가다가 몇 번 발걸음을 멈췄던 것은
널 마지막으로 한번만 더 봤으면 하는
미련 때문이었어
뛰어가다가 벽에 기대어 큰 소리로 울었던 건
이별을 말하던 그 순간까지도
내 사랑은 오직 너 하나뿐이라는 걸
차마 고백하지 못했기 때문이었어

사랑해!
지금은 비록 널 가질 수 없었지만
먼 훗날엔
우리 같은 곳을 바라보면 살 수 있길...

우린

하늘에선 너무도 이쁘게 눈이 내리고
내 눈에선 너무도 서글픈 빗물이 날립니다

사람들은 인연을 찾아 떠돌지만
우린 인연이 아니어서 이별을 말합니다

사람들은 자신들의 욕심 때문에
서로에게 상처 주며 남이 되지만
우린 너무 사랑해서 안녕을 말합니다

사람들은 또 다른 만남을 위해
잊는 연습을 하지만
우린 서로 잊혀질까 두려워
아무 것도 아닌 일에서 서로를 느끼고
아무 것도 아닌 일에서 서로를 발견합니다

그러면서도 우린 어쩜 서로를
영영 잊고 살지도 모른다는 두려움 때문에
헤어지기도 전에 몸서리치는 그리움부터
먼저 배웁니다.

어떤 사랑

한 소년이 있었습니다.

그는 신(神)의 말씀이라면 무조건 순종하는 믿음이 신실한 사람이었습니다.

그런데 한 소녀를 알고 부터 신의 말씀을 조금씩 거역하기 시작했습니다.

신은 화가 나서 소년을 소녀로부터 떼어놓기로 결심했습니다.

처음엔 소년의 한쪽 다리를 못쓰게 만들었습니다.

하지만 소년은 절룩거리는 다리를 이끌고 전보다 더 자주 소녀를 찾아갔습니다.

신은 이번엔 소년의 두 눈을 멀게 했습니다.

하지만 이 역시 약간의 장애물이 될 뿐 소녀를 향한 소년의 사랑을 가로막지는 못했습니다.

그 후에도 몇 차례 더 소년에게 혹독한 고난과 시련을 주었지만 소녀에 대한 소년의 사랑은 더욱 견고해지기만 했습니다.

그러던 어느 날이었습니다.

천사가 신께 한가지 조언을 해주었습니다.

"차라리 서로 사랑하게 그냥 내버려두는 게 어떨까요?

사랑은 시련과 고난 앞에선 강하지만 함께 묶어 놓으면 금새 답답하고 싫증나서 어디론가 뛰쳐나가려는 습성이 있으니까요."

소년은 그로부터 얼마 후 그토록 사랑하는 그 소녀와 결혼을 했습니다.
처음 한동안은 신의 인자하심과 배려하심에 감사하며 열심히 사랑하며 살았지만 얼마 후 두 사람은 다시 남남이란 이름으로 헤어졌습니다.

지금 당신 앞에 고난이 있고 시련이 있다면 감사하세요. 하지만 그 반대의 경우라면 긴장을 하세요.

사랑이 목숨을 걸만큼 소중한 것은 둘이 함께 있어서가 아니라 꼭 그 사람이 아니면 안 될 것 같은 그 간절함 때문이니까요. 둘이 하나로 이어지길 바라는...

부탁

이 바보야!
이 나쁜 놈아!
이제 제발 그만 힘들어하고 웃어보란 말야.
예전에 날 버렸을 때처럼
그렇게 당당하고 씩씩하게 살아가란 말야.
지금... 내가...
너 때문에 아파.
널 위해 아무 것도 해줄 수가 없어
내가 미칠 것만 같단 말야.

사랑아!
이제 좀 행복해 질 수 없겠니?
네가 아닌 날 위해서라도...

그대 맘

멀리서 발자국 소리만 들려도
그대 발자국 소린 줄 금방 알 수 있는데

수많은 사람들 속에서
그대 뒷모습만 보여도 단번에
'아, 내 사랑인데' 하고 알아볼 수 있는데

잠결에 전화벨 소리만 들어도
그대에게서 온 전화인줄 아는데

그 향기...
그 음성...
그 느낌...

그 모든 것을 다 안다고 생각했는데
그런데 왜 아직도 날 향한
그대 맘은 알 수 없는 것인지...
이 밤, 그저 이렇게 한숨소리만 깊어갑니다.

숨바꼭질

"숨바꼭질 그만하고 이젠 나와!"
날이 저물고 밤이 하얗게 퇴색되어 갔지만
술래잡기 놀이하던 그 애는
내 앞에 나타나지 않았습니다
온 동네, 온 산, 온 세상을 다 뒤지며
목청 터져라 불렀지만
그 애는 끝내 내 앞에 나타나지 않았습니다
하루가 가고
한 달이 가고
몇 년의 세월이 덧없이 흘렀지만
난 그 애의 옷자락도,
그 애의 머리카락 한 올도
찾을 수가 없었습니다
그 애의 순결한 눈동자
그 애의 아늑하고 평화로운 미소만이
여전히 내 가슴 안에서 출렁이고 있을 뿐...

"숨바꼭질 그만하고 이젠 나와!"

그 이유

아주 작고 사소한 일에도
곧잘 투정부리고 토라져 버리던 그 애
하늘을 닮은 해맑은 웃음을 보이다가도
나의 어깨에 얼굴을 묻으면
까닭 없이 눈물을 떨구던 그 애
내가 귀찮아할 정도로
먹고 싶던 것도, 하고 싶던 것도
유난히 많았던 그 애
지나칠 정도로 내 사랑을 확인하고 싶어 했고
지나칠 정도로 자신의 사랑을
내게 보여 주기 위해 애쓰던 그 애...

바보처럼 이제야 알았습니다
내가 자신 때문에
그토록 힘겨워 하는 것을 알면서도
어린 아이처럼 그렇게 떼쓰고, 요구하고,
당황스러운 말과 행동을
곧잘 보여주었던 그 이유를...

술 한잔에 쉽사리 무너져 내리던
그 애 작은 가슴에 숨겨진 비밀을...

미안해.
내 곁에서 떠나야힐 시간이
얼마 남지 않아서...
그대 앞에 남겨진 시간들이 너무나도 짧아서
남들이 평생동안 누리고 싶어하는 그 행복을,
남들이 평생동안 두고두고 꿈꾸어 왔던
그 많은 일들을,
그 짧은 시간에 다 해보고 싶어서,
너무나도 힘겹고 어렵게만 살아온 지난 시절을
조금이나마 보상받고 싶어서
그토록 조급해 했었다는 것을 이제야 알았어.
그것도 모르고 계속해서 핀잔주고 화만 내서
정말 미안해
바보처럼 지켜주지도 못하고
아픈 널 더 아프게 해서...

너의 아픔, 슬픔, 고통
좀 더 일찍 알지 못하고
떠나는 그 순간에도
무기력하게 눈물만 보여줘서
정말, 정말 미안해...

사랑은 그것이 자기희생일 때를 빼고는 사랑이라고 부를 가치가 없다. -로망

이런 친구

마음이 늘 한자리에 머물 수 있는 친구
못난 나를 비웃기보다는
못난 나를 자랑으로 삼는 친구
불만을 털어놓기보다는
앞서 이해하고 도우려는 친구
내가 좌절하거나 방황할 때
손을 내밀어 위로를 주고 용기를 주는 친구
대가를 바라거나 자신을 자랑하기 위해서
나의 이름을 팔지 않는,
슬플 때보다 기쁠 때 먼저 찾아주는 친구
나에게 허물이 있더라도 미워하지 않으며
늘 나로 인해 아파하고 기뻐할 수 있는 친구
이해하고 용서하고 보살펴 주는 일에
너그러운 친구
자신의 가슴을 가끔은 부담 없이
열어 보이는 친구
외적인 아름다움보다는
내면의 향기를 더욱 소중히 여기는 친구

믿고 의지하는 마음이
바다처럼 깊고도 넓은 친구
우울하거나 쓸쓸할 때
환한 미소로써 나를 달래주는 친구
어제보다는 오늘을,
오늘보다는 내일을 위해
씩씩하게 휘파람 불 줄 아는 친구
영원을 부정하지 않는 친구
사랑을 받기 전에
자신을 먼저 태울 수 있는 친구

내가 이런 친구 되게 하소서

꿈을 계속 간직하고 있으면 반드시 실현할 때가 온다. -괴테-

사랑은

첫사랑은 열정으로 하고
옛사랑은 체험으로 하고
중년의 사랑은 조화로 하고
부부의 사랑은 동행으로 하고
이룰 수 없는 사랑은 눈물로 하고
금지된 사랑은 오기로 하고

해바라기 사랑은
가슴이 시켜서한다.

추악한 여자는 없다. 다만 아름답게 보이는 방법을 모르는 여자가 있을 뿐이다.
-라 브뤼에르-

그대 앞에서 난

그대 앞에서 난
화가이고 싶습니다

그대가 원하는 모든 것을 다 그리는
화가이고 싶습니다
그대와 내가 하나의 끈으로 이어지는
맑디맑은 사랑만을 그리는
영혼의 화가이고 싶습니다

하늘입니다
빛입니다
노래입니다
붓끝 하나로는 차마 다 그릴 수 없는
나의 그대는.

그러나
부단히 노력해야 합니다
숱한 날 핏빛 노을로 갈구하던 내 그림이
슬픈 자화상으로 끝나지 않기 위해서는.

아팠지만, 당신 만나 행복했어요
(부제: 악마정재와 천사정재)

어제는 그 사람 앞에서
너무 많이 울었답니다.
사랑이란 게 이런 거라면
다신 안하고 싶다고...
길은 한 길인데~ 왜 시작했냐고...
원망 많이 했어요...

왜 이렇게 아플까요?

　현재의 그는 제가 그를 많이 사랑한다는 사실을 너무나 잘 알고 있답니다.

　제가 여러 번 고백도 했죠... 하지만 그는 제가 싫대요... 친구로써는 좋지만... 애인감으로는 제가 만족이 안 된다고 했어요...

　그 사람은 여자의 조건을 아주, 아주 중요시 여기는 사람이죠... 돈에 대한 상처가 커서 그런지... 보통 사람처럼 평범하게 살고 싶지 않다고 늘 말해왔습니다...

　얼굴이 이뻐야 되구... 가슴이 커야 되구여... 뚱뚱하면 안되여... 키도 커야 되구여... 그리고 학벌도 4년제 대졸이상...

　집안두 좋아야 하구... 무엇보다도 돈이 많아야 된데요...

　그치만 저는.... 그 사람..... 그 사람은 제가 자기를 사랑한다는 것을 알면서도... 언제나 저보구 이런 여자를 소개시켜 달라구 합니다...

　너무 힘들었어요... 울기두 많이 울구... 가슴을 할퀸다는 느낌... 혹시 아세요?

....너무 그가 보고 싶을 땐... 그가 했던 말들을 생각합니다... 그럼 전... 절망하구여....

아예 모든 것을 포기하고 단념할려구 수백 번 다짐하고 다짐했지만... 매번 다시 연락하구 만나구... 그랬습니다...

그 사람.......은 제 주변 사람들한테 관심이 아주 많아여..... 만날 약속 잡으면.... 항상 같이 데리구 나와라.... 너 혼자 나오지 말구... 니네 회사 여자... 네 친구... 이쁜애 데리구 나와라...

그러면... 전... 그의 말 한마디 한마디에 또 상처를 받습니다...

작년엔 제 친구를 저 몰래 만났더라구요....

그리구... 바로 얼마 전... 얼마 전에... 그를 만났을 때 데리구 나간 언니가 있는데... 그 언니와도...

참 많이 울었어요... 그 사람... 참 많이 절 아프게 합니다... 왜 하필 내 주변 사람들인지...

벌받는 걸까여? 전생에 제가 그 사람한테 죄가 많아서 지금 꼭 벌받는 것 같아여....

전요... 그 사람하구 결혼 같은 거 안해두 좋아여... 그냥 다른 연인들처럼.... 예쁘게 지내봤으면

하는 게... 소원이 됐습니다...

같이 극장에서 영화도 보면서 팝콘두 먹고싶구... 둘이 팔짱끼구 나란히 길을 걸어가구 싶구...

저 많이 바보같구 웃기죠? 상처 주는 말... 행동 안하구... 이쁜 추억... 좋은 추억 많이 만들면 정말 좋겠는데... 말이어요..

그 사람이 이제 무서워요.. 정말 전화하는것두 무서워졌습니다...

짜증내는 그가 무섭구.... 자꾸만 여자 얘기만 하는 그가 무섭구....

전 그 사람을 사랑하지만... 좋은 추억이 없어요... 그 사람 하면 생각나는 게...

저한테 돈많구 섹시한 여자 소개시켜 달라구 늘 말했던 거....

전 그를 만나구 난 후.... 점점 자신감을 잃어 가는 것 같아여...... 웃음두 점점 잃었구....

다른 사람들은 너무너무 행복해 보이기만 하는데.... 난 왜 이렇게 울기만 하구...... 아플까요?

저도 언젠가는 행복한 날이 오겠죠? 과연 올까여?

☻ 악마정재

너도 이제 바보 같은 사랑이 아니라 이기적인 사랑을 해. 내 마음 편할 수 있는 나만의 사랑... 그 사람의 감정 따윈 상관없이... 그 사람이 그랬던 것처럼... 이기적인 사랑을 해...

이 바보야! 상처는 아물지 몰라도 흉터는 남는다는 거 몰라. 이제 그 사람도 알게 해주란 말야!!

☺ 천사정재

요즘 사람들... 다들 마음속에 아픔들을 안고 그게 얼마나 아플지 상상조차 하지 못하던데...

제 바람은 그래요... 그런 사랑은 하지 말았으면 해요... 너무 아프잖아여...

삶은 자신이 있기 때문에 존재하는 것이지, 그 남자가 존재하기에 님이 존재하는 것은 아니랍니다.

사랑하는 그 사람으로 인해 님의 생이 밝아지는 것이 아니라 오히려 근심, 걱정 같은 어두운 그림자

로만 드리워진다면, 힘들겠지만 헤어지는 게 좋을 것 같아요.

그 대신 그에 대한 님의 에너지... 이젠 님을 위해 투자하는 것이 어떨까요... 이뿐 님을 위해...^^

그리고 지금 당장 친구에게 전화해서 무조건 괜찮은 남자로 한 명 소개해 달라고 하고는 약속을 정하시고 백화점에 가는 거예요.

봄 신상품 옷을 하나 사시고 마음이 내킨다면 구두하고 백도 하나 사구요... 화장품 가게에 가서 오렌지색이나 핑크색 립스틱을 삽니다.

그리고 소개받은 남자 분을 만나러 나가보세요. 님은 세상에서 가장 아름답고 순수한 여자로 보일 테니까요... 그 남자 분은 님을 지금 귀찮은 존재로 생각하는지 모르겠지만...

너무 힘들어요

저는 1년 간 사귄 남친이 있습니다.

다음달 16일이 1주년이 되는 날이죠..

그의 가장 친한 친구 J를 사랑하게 되었습니다. 제 남친과 저는 전부터 아는 사이였어요...

2년 진부디요.. 그때도 저는 제 남친의 친구인 J에게 호감을 가지고 있었죠.. 그 애와 전 이루어질 수가 없었어요... 저는 그 애에게 다가갈.. 고백조차 할 수 없는 겁쟁이였거든요...

요즘 그 애와 잦은 만남이 있었어요... 자주 통화도 하고, 문자도 서로 주고받았죠... 그 애도 여친이 있어요... 꽤 오랫동안 사귀어온... 그 앤 저를 어떻게 생각할까요?

언젠가 술자리에서 첨부터 자기도 저에게 호감이 있었다고 말한 적이 있었습니다... 물론 저 또한 그에게 솔직히 말을 했구요...

그 애와 저는 이루어질 수가 없어요... 전 요즘 너무나 힘이 듭니다. 제 남진에게 솔직히 밀을 할 수도 없을뿐더러, 말을 한다고 해도 그 애와 제가 이루어질 수 없다는 건 서로가 알고 있기에...

어제 밤은 그 애와 함께 보냈어요... 저, 참 나쁘죠? 남친에게 너무나 미안하지만, 어쩔 수가 없었어요... 제 친한 친구들조차도 이런 사실은 알지 못합니다... 저 혼자 감당하기엔 너무나 벅차고 힘이 듭니다.. 그 애와의 관계를 이쯤에서 끝내야 하는데... 그게 말처럼 쉽지가 않군요...

그 애는 저를 어떻게 생각할까요... 저처럼 힘이 들고, 고민이 될까요...

어제 그에게 조심스럽게 물어봤습니다... 나를 사랑 하냐고... 그의 대답은... "나도 너를 사랑할 수 있었으면 좋겠어"였어요...

그에게 많은걸 바라지 않아요. 그렇지만, 저를... 쉽게 생각하지 않았으면 해요... 비록 우리가 이루어질 수 없지만... 말예요... 제가 많이 힘들어하고 있다는 것을 그가 알까요... 그에게 부담스러운 존재가 되기는 싫어요... 그를 힘들게 할 생각도 없구요. 단지, 저를 조금이나마 진심으로 대해주길 바랄 뿐입니다.

오늘은 친구들과 술을 마셨어요... 그 애 때문에 속이 상했지만 내색은 하지 않았습니다....

저의 남친이 이런 사실을 알게된다면 얼마나 배신감을 느낄까요... 죽이고 싶도록 제가 미울 꺼여요... 저의 남친에게 죄를 짓고있는 제 자신이 너무나 밉습니다... 앞으로 저는 어떡해야 할까요... 정말 힘이 듭니다...

😈 악마정재

괜찮아. 뭐, 어때? 사는 게 다 그런 거지. 죄책감 같은 거 느낄 필요 없어. 다들 그렇게 적당히 속이고 속으며 사는 게 우리네 인생이야.
그냥 밋밋한 사랑보단 스릴도 있고 좋잖아. 멈추지 말고 계속 가 봐!!

😊 천사정재

그만 가는 게 좋을 것 같아요. 그런데 어떡하죠?
그 절박함... 안타까움... 애절함을... 그 시기엔 무언가에 절대적으로 집중하는 시기이죠...
한번 빠지면 끝이 보일 때까지 빠지고 싶은 충동,

특히 사랑을 하고 있으니 그 심정이 오죽하겠어요...

지금은 누가 뭐래도 귀에 들어오질 않을 거예요...

다만 그 마음의 불꽃이 점점 수그러들기를...

그리고 이쯤에서 멈춰 서시길... 사랑도 남친도 다 잃은 후에 후회하지 말고요...

이루어 질 수 없다는 걸 알면서 계속 끌고 가는 건 사랑을 가장한 미련일 뿐입니다. 이루어질 수 없다면 속히 잘라내야 합니다.

그 아픔이 클지라도 다음에 오는 아픔보다는 덜 아플 것이니...

우정이란 생애에서 하나밖에 얻을 수 있을 뿐만 아니라 그것을 지니는 사람도 극히 드물다. 그 친구는 나의 인생을 채우고 있었지만, 그렇다고 느끼지는 못했었다. 그가 없어지자 인생은 공허했다. 잃어버린 것은 단지 사랑했던 친구뿐만이 아니라, 사랑한 이유, 사랑했었다는 이유의 그 모든 것이었다. -로망롤랑-

남아있는 자의 슬픔   FUTURE님

　5년 동안 저를 짝사랑하던 친구가 있었어요...
고3때부터... 아직도 생각나요... 처음 그 애가 우리
집에 전화를 했을 때... 제가 고등학교 때 그애의 학
교에서는 좀 유명인사였거든요...
　<남자 고등학교 신문에 글과 사진이 나가는 바람
에...>
　"XXX씨 계십니까? 여기 동사무손데요, 주민등록
증 발급이 잘못돼서요..."
　쑥스러움을 감추기 위해 장난으로 전화를 시작했
다가... 저에게 들키고 잔뜩 혼이 났었죠...
　그렇게 시작해서는... 대학에 들어오구서... 우린
가끔 우연히 이곳저곳에서 만나게 되었었죠... 우연
하게... 다른 대학에 가서도 우연히 보구... 우연히
아는 친구들을 만났을 때... 그 친구들과 그 애가 또
친구라 같이 만나기도 하구...
　하지만... 저는 좀 많이 잔인하게 그 애의 마음을
아프게 했죠. 일부러 그 애의 친구들에게 사귀는 남
자친구 얘기를 하구...
　그 애가 한번은 제가 아르바이트하는 곳에 왔는
데...

거의 10시간에 가까운 시간동안 눈길 한번 안 주구... 말 한번 안걸 구... 그러다가 그 애가 군대에 갔어요...

99년 2월 1일에...

제 친한 친구 한 녀석과 같은 곳에 같은 날 입대해서 날짜도 기억하네요...

그 해 5월 6월... 무지하게 전화를 해대더라구요... 지금 육군 병원에 입원해 있는데... 면회를 오라 구... 한번도 안 갔어요... 게으른 탓도 있지만... 당시엔 나름대로 많이 바빴구...

내가 왜 걔 면회를 가나... 하는 생각두 했구요... 가을에는 고려대 병원에 있다고 전화가 왔는데... 학교 바로 근처인데두... 역시나 한번도 안 갔었죠.

그리고... 10월이 되었는데... 전화가 왔어요. 저희 학교 앞에 왔다구... 잠깐 보자구... 그래서 만났죠...

그 날이... 제 생일이 있구... 딱 1주일이 지난날이었어요.

학교 앞 커피숍에서 만났는데... 그 애는 목에 깁스 같은 걸 하고 왔더라구요...

"야! 그거 뭐냐?"

"목이 아퍼서"

"로버트 같다. 어디가 아픈데?"

"종양이 생겼대"

전... 그 많은 전화를 받고서... 그 때서야... 겨우 어디가 아프냐구 물었죠... 그러구선... 종양이 뭐지... 혼자 그냥 생각하구 말았죠.

친구가 생일 선물을 줬어요... 좀 늦었다면서... 그리곤 다시 병원으로 갔죠.. 등려군의 첨밀밀 주제가가 있는 앨범...

2000년 여름쯤... 문득 그 애 생각이 났어요.

웬일인지... 핸폰이 바뀐걸 알면 집으로라도 전화해서 내 연락처를 묻던 그 애가...

몇 달 동안 연락이 없는 거예요... 그냥... 이제는 잘 사나보다...

언젠가 보냈던 "이제 그만 나 따위는 잊고 살 때도 됐어"라는 나의 메시지를 이제는 실천하고 있나보다... 그렇게 생각했죠... 그리고 저는 캐나다로 어학연수를 갔어요...

그 해 가을... 한국에서 날아온 한 통의 메일...

"그 녀석 먼저 갔다."

후두암이었다고 하네요... 종양이... 암이라면서요...
몰랐어요... 혼자서... 얼마나... 울었는지 몰라요....
그 친구의 목소리... 외국에서까지 치료를 받다가...
결국은 합병증으로 떠났다는... 내가 외면했던...
마냥 바라보게만 했던... 그 모든 일들이 자꾸만 생
각이 나서...

한국에 들어와서... 고등학교 때부터 썼던 모든 일
기와 다이어리들을 다 버렸어요... 과거에 연연하는
성격이라... 목숨처럼 여기던 그것들을...

하지만... 차마... 그 친구가 줬던 등려군의 앨범은
버리지 못했죠. 다시 살아야겠다는 생각이 들었어요.
하아~ 근데 그 친구에게 미안해서 어떻게 살아야
하는 건지...

😊 악마정재

다 당신 때문이야. 당신이 그렇게 잘났어. 당신이
그 애를 죽인 거라구!! 당신 같은 사람은 평생동안
죄책감을 느끼며 살아야 해!!

☺ 천사정재

　아니어요. 당신은 잘못한 거 하나도 없어요. 다만 결과가 그렇게 나왔을 뿐이어요.

　힘내시고 그 친구의 몫까지... 지금보다 더 열심히 사시먼 되는 거여요.

　본의 아니게 힘들게 했던... 그리고... 상처줬던 모든 것들... 더는 미안해하지 말고... 이제는 마음에 묻고... 지금보다 더 밝고 씩씩하게 살아가먼 되는 거여요.

　그럼 그 친구분도 하늘나라에서 환하게 미소지을 거여요. 그 친구가 님을 진심으로 사랑했다면 말이죠^^

슬픔은 버릴 것이 아니다. 우리가 살아있는 한, 이것은 빛나는 기쁨과 같을 정도로 강력한 생활의 일부이다. 슬픔이 없다면 우리들의 품성은 지극히 미숙한 단계에 머물고 말 것이다. -로댕-

유부남을 사랑했어요   Iks0311님

이룰 수 없다는 거 알고 있습니다.

그래서 더 맘이 아파요... 왜 유부남을 만나서 사랑을 시작했는지... 3년 정도 만났어요... 참 오래 만났죠?

전요, 친구들이 욕할까봐 아무한테도 말도 못하고 혼자 끙끙 앓았어요...

유부남을 사랑한다고 하면 다들 욕할게 뻔하니까... 오빠랑 쇼핑도 제대로 못하고 영화도 볼수 없었어요. 혹시 누구 아는 사람이라도 만나면 안되니까...

전 그게 항상 불만이었어요... 남들처럼 데이트가 하고 싶었거든요... 근데도 오빠가 너무 좋았어요... 물론 오빠가 그만큼 저한테 잘해줬던 이유도 있었구요...

첨엔 오빠가 결혼하자고 그랬어요... 자기 와이프랑 이혼한다고... 전 오빠랑 결혼할 생각까지 하고 있었어요... 근데 그게 잘 안됐어요...

장인어른이 오빠 앞에서 무릎 끓고 빌었대요... 한 번만 용서해주라고... 오빠가 절 만나면서 와이프랑 자주 싸워서 와이프가 친정에 가 있었거든요....

그래서 오빠가 용서하고 자기 집으로 와이프를 데려왔대요.

그러고는 오빠는 저보고 1년만 기다려 달랬어요...

바보같이 믿었죠. 근데 지금은 오빠한테 버림을 받았어요. 3년 정도 만나면서 오빠는 다른 사람을 못 만나게 했고 간섭과 구속을 굉장히 많이 했었어요... 제가 다른 남자 만나는 게 싫다고...

그래서 전 오빠가 정말 날 좋아한다고 생각했어요... 아마 정말로 절 좋아했을 거예요.... 사랑한다고 까지 했으니까...

오빨 만나면서 여러 번 관계도 가졌어요. 그래서 두 번이나 임신을 했었죠. 두 번 다 아이를 지웠어요.... 첨엔 오빠랑 병원엘 같이 갔었는데 두 번째는 오빠가 바쁘다고 그래서 친구랑 같이 갔었어요...

근데 그 이후로 오빠가 절 피한다는 느낌을 받았어요...

하루에 한 통씩 빠짐없이 꼬박꼬박하던 오빠가 갑자기 전화도 안하고 제가 전화하면 나중에 통화하자 그러면서 그냥 끊어버려요...

두 번째 임신했을 때 이제 더 이상 오빠랑 관계를 못 가지겠다고 말한 적이 있었거든요...

그랬더니 오빠도 자기도 이제 더 이상 못하겠다고 그러더니... 제가 생각할 땐 이제 관계도 못 가지는데 더 이상 만날 필요가 없다고 생각돼서 절 피하는 거 같아요...

그럼 이때까지 절 좋아해서 만난 게 아니라 관계를 가지기 위해서 절 만났다는 거 밖에 안되잖아요...

오빠랑 저랑 만나고 있을 때 오빠 와이프한테 들켜서 와이프를 한번 만난 적이 있었어요. 물론 오빠랑 나랑은 아무 사이도 아니라고 딱잡아 말했었는데... 지금은 내가 오히려 오빠 와이프를 만나서 말하고 싶어요.... 오빠 이때까지 만나고 관계도 가졌었다고... 모든 걸 다 말하고 싶어요...

이제 와서 제가 버림을 받는 게 너무 억울해요...

첨엔 오빠 입장이 난처할까봐 모든 걸 다 오빠 입장에 서서 말을 하고 그랬는데 오빠 이제와서 배신을 하네요... 고소도 하고 싶고 그래요... 근데 간통은 제가 고소할 수 없더라구요...

제가 결혼을 안 했으니까요... 오빠 만나서 제대로 된 남자 하나 못 만나고 처음으로 오빠한테서 순결 빼앗기고... 정말 너무 억울해요. 제가 어떻게 해야 하죠? 그냥 이대로 오빠를 잊어야 하나요? 아님 와이프를 만나서 모든 걸 다 말하고 오빠랑 헤어지게 할까요?

물론 내가 말한다고 이혼하지는 않겠지만... 그래도 아무렇지도 않게 생활하는 오빠가 너무 미워요...

제 마음의 상처는 누구한테서 보상받아야 하나요...

☺ 악마정재

그런 놈은 사회적으로 매장시켜야 돼!! 당장 그 넘 집으로 찾아가 한바탕 난리를 피던지, 혼인빙자죄로 고소를 해 버려. 아님 거시기를 확 잘라 버리던지!!

☺ 천사정재

전요, 사랑엔 착한 사랑, 나쁜 사랑은 없다고 봐요.

그리고 그 오빠라는 사람이 님을 사랑하는지 안

하는지는 알 수 없어요. 그 사람의 속에 들어가 보지 않았기에...

그게 중요한 거 같지는 않아요. 내가 누군가를 사랑하고, 그에게서 사랑을 듬뿍 받는다면 그것보다 행복한 일은 없지만... 그렇지 못하더라도... 님은 한때나마 그 사람을 사랑하지 않았나요?

그 사람이 님을 사랑하지 않는다는 확신이 생겼다고 해도 그래요. 그렇다고 과연 '그래, 그렇다면 헤어질거야...'하고 쉽게 행동하실 수 있겠어요?

생각은 쉽겠죠... 하지만 님이 그를 사랑하는 이상 그런 건 중요하지 않다고 봐요.

단지 님만 생각했으면 해요... 나... 내가 존재하지 않는다면 이 세상도 나에겐 무의미한 거잖아요... 내가 그를 너무나 사랑하고 그로 인해 아프지만... 그건 내 안의 문제라구요...

그가 날 사랑하지 않기 때문도 아니구, 부인이 있는 사람이어서도 아니구, 내가 아프니까... 내 인생을 슬픔으로만 보내기 싫으니까... 단호하게 헤어지는 거예요. 이왕 한번 사는 거 남들처럼 떳떳이 사랑 받으며 밝은 표정 지으며 살아야 하지 않겠어요^^

결혼할까요?   nommo님

　전 평범한 32살의 남자입니다.

　직업상 술을 자주 마십니다. 죄송스럽게도 주로 단란주점 같은 데를 많이 들락거리죠.

　어느 날 전 단골술집에 고객이랑 가게 되었는데 한 아가씨를 만났죠. 예쁘더군요. 몇 번 그 뒤로 접대 차 고객이랑 들리면서 그녀와 잠자리도 같이 했죠.

　그러던 어느 날부터 전 그냥 그녀를 좋아하게 되고 말았습니다. 그녀는 인제 24입니다.

　참 드라마에서나 가끔씩 보던 일이 제게 일어났죠. 웃음과 몸을 파는 여자와 평범한 남자(통속적으로 남들이 제가 다니는 회사 말하면 엘리트라고들 합니다).

　둘이 행복할 수 있을까요. 그녀는 고향을 떠나와 이것저것 여러 일들을 하다가 실패하고 올 초부터 이일을 시작했습니다.

　그녀는 처음에 제가 이런 마음을 얘기하니 경계를 하더군요. 그냥 편하고 힘이 되어주는 오빠일 뿐이라고 말만하더군요.

똑똑하고 능력 있고 집안 좋은 여자들과 결혼을 이야기할 정도로 사귀어도 봤지만 그녀처럼 제 맘에 드는 여자는 처음입니다.

그녀 좀 이기적입니다. 말 차갑게 잘합니다.

주위에 좋다고 말하는 사람 별로 없다고 제게 고백하더군요. 바로 이 점을 전 사랑합니다.

8개월 째 만나고 있는데 제 사랑이 갈수록 쌓이기만 하고 줄어들지는 않네요.

과연 그녀의 현재를 극복하고 결혼할 수 있을까요?

😈악마정재

결혼은 무슨? 세상에 괜찮은 여자들이 얼마나 많은데 하필 술집 여자야.

괜히 값싼 동정심 때문에 인생 쫑치지 말고 한시라도 빨리 찢어져. 당신 같이 괜찮은 조건의 남자가 미쳤다고 과거가 지저분한 술집 여자 따위와 결혼하려고 그래!

길거리로 나가서 세상 사람들에게 한번 물어봐. 그 결혼이 과연 행복할 거 같냐구?

이 친구야, 제발 정신차려! 결혼은 이상이나 꿈이 아니라 현실이야, 현실... 냉정하기 그지없는...

☺ 천사정재

사랑에 뭔 규제가 있어여... 둘만이 사랑하면 되는 거 아닌가여? 그 사람한테 물어보세요...

정말 사랑한다면... 그 사람이 아니면 정말루 안되겠다는 생각이 든다면... 절대 그 사람을 혼자 두지 마세요. 우리의 일생에서 서로 사랑하는 사람을 만나기란 그리 쉽지 않아요... 세상에 그 분은 단 한사람뿐이랍니다...

절대 후회할 일 하지 않았으면 좋겠네요.

그럼 두 분의 앞날에 행복한일들만이 그득하시길...^^

사랑이란 두 개의 고독한 영혼이 서로 지키고, 접촉하고, 기쁨을 나누는 데 있다. -릴케-

행복해야 돼 cucucu님

그녀와 난 동갑내기였어여... 많이 싸웠죠...

동갑끼리는 정말 많이 싸우잖아여... 처음엔 모든 것이 자신 있었죠...

종교의 차이와 집안환경의 차이... 난 아직 학생이구 그녀는 간호사였거든여... 직장인과 학생의 차이는 정말 크거든여...

특히 남자가 직장인이 아닌 학생일 때는... 정말 고민도 많고... 갈등도 많답니다.

전 법대에 다니구 있구여... 2년 안에 유학을 갑니다. 남자는 적어도 그래여... 앞일에 대한 걱정과 미래에 대한 생각을 정말 많이 해여...

그녀 또한 내 생활의 일부이기에... 나의 앞길만 무조건 볼 수 없잖아여... 내가 유학을 가게되면 그 애는 혼자니까... 유학을 포기한 적도 많아여... 그 애 말에... 나 정말 그 애한테... 그렇게 못했다고는 생각하지 않아여... 그런 걸 따지는 것이 지금은 우습지만... 변명이라 생각해도 좋아여...

그 애 집은 농사를 짓고 그 애 아버지는 막노동을 하셨었죠... 우리 집 부모님의 반대도 약간은 있었어여...

"환경이 같은 사람을 만나야 된다"는 말 지금도 웃기지만... 지금은 어느 정도 이해는 가여...

내가 나쁜 놈이 된 줄은 모르겠지만... 나 그 애를 위해... 학원강사도 하고... 서빙도 해보고... 여러 가지 일을 하면서 제가 번 돈 거의 전부를 그 애한테 다 줬었져... 물론 그 애 카드로 내 물건을 산적도 많아여...

지금 그 애는 간호사 일을 그만두고 대학갈려구 준비하면서 텔레마케팅 회사를 다니고 있어여... 난 그게 너무 싫었구여... 그냥... 병원 다니면서 간호사 일 하면서 보람을 얻길 바랬는데... 그게 자기는 싫다더군여...

어제 그 애의 음성에 다른 남자의 음성이 들어 있는 것을 들었습니다.

정말 그 당시에는 미칠 것 같았고 죽고 싶었는데... 그 애한테 물었죠... 어떻게 된 거냐구... 모르는 사람이라고 하더군여...

정말 모르는 사람이길 바라지만... 정말 그러길 바라지만... 하지만... 헤어지는 게 더 좋겠습니다.

그래서 그 애한테 그렇게 말했구여...

"헤어지자"

헤어지자는 말 첨 말한 건 아니에여....

하지만 이번엔 내가 너무 힘들어서... 내가 견딜 수 없을 것 같아서... 그랬습니다...

나 나쁜넘이져? 나 오늘도 술 먹고 내일도 먹고 힘들어할지도 모릅니다...

하지만... 하지만... 나 잊으려고 합니다...

나 너무 힘들거든여... 그녀 또한 나보다 더 힘들어 할걸 압니다...

"미안하다... 너한테... 학생이 아닌 정말 돈이라도 잘 버는 사람 만나서 니가 정말 잘 되길 바랄게...

그게 전부다... 그게 내 바람이구... 널 힘들게 하는 사람이 아니었으면 좋겠다...

나... 너... 정말 잊을게... 다음에 우리 몇 번이라도 다시 태어났을 때 널 만나면... 차라리 내가... 내가 힘들고 니가 편안하게 살고 있었으면 좋겠다...

그럼... 넌 이쁘니까... 넌 좋은 애니까...

'나'라는 사람이 비켜줄게... 그럼 안녕..."

☻ 악마정재

　잘 생각했어. 그렇게 힘든 사랑은 빨랑 끝내는 게 좋아. 대부분 일상생활에서 우리가 사랑이라고 하는 것들... 사랑하는 사람들... 헤어지면 그만이고, 다 추억이고, 잊혀지는 거 아니겠어.

　지금은 그 여자 없인 못살 것 같지만 대학 나와서 좋은 직장에 들어가 봐. 그 보다 잘나고 이쁜 여자들 수두룩하다구!!

☺ 천사정재

　한번 그 사람을 믿어보세요.

　현실이 조금 힘들다고 그 사람을 그냥 보내버린다면 나중에 후회가 되지 않을까요?

　저라면... 한번은... 정말 한번은 아무리 힘들어도 후회 없이 그 사람을 사랑해 볼 것 같아요...

　그래야... 나중에... 나중에 헤어지게 된다해도 원 없이 사랑했던 자신에 대해 후회하지 않을 것 같아요.. 힘내시구여... 부디 후회 없는 선택하시길^^

나, 사는 동안에...　　　　　　　도라지님

1.

안녕 하세요? 두 권의 시집을 샀어요. 그 사람이...

<미안해요. 당신 사랑해서...>는 그가 가졌고,
<당신이 내 생애 마지막 사랑이었으면...>는 나에게
선물로 주었어요.

제목을 보고 간절히 바라는 나를 향한 자기 맘
믿으라구요!

우린 아니, 제 마음이 너무도 답답합니다.

누군갈 붙들고 말하고 싶은데, 아무에게도 못하는
내 주위가 두려워요.

흔히들 말하는 불륜이라는 관계로 불리는 일이
일어났거든요.

이별을 하려 했는데...

하기 가장 쉬운 사랑이란 포승에 결박 되어버린
내가 어찌해야 하는 것인지 모르겠습니다.

그에게 편질 썼어요.

남편이 알게 되는 날, 용서 해달라고 빌어야 되는
거냐고? 용서가 안돼서 못살겠다고, 이혼요구를 하
면, 내가 헤어지자 할 때 안하고, 왜?

이제야 하자는 거냐구? 내가 대들 것은 당연하고...

누구 좋으라고 보내지, 못한다고 살면서 서로 고문하면서 고통을 준다 하겠죠!

이 무거운 짐을 나 홀로 지고 견디다 못해 쓰러져 지칠 때까지! 나 사는 동안...

그래도 견디겠다고 아이 있어 견딜 수 있다고 이런 모습 보이기 전에 아름다운 모습일 때, 그만 접어 보지 않는 책갈피 속에 끼워 두자고 했는데...

내 주위의 나를 봐주는 이들을 실망시키지 말자고 부탁까지 했는데, 소중한 아이들도 있으니...

눈물을 머금고 그는 내 편지를 읽었다며 답장이 왔어요. 볼까 말까 망설이다 읽어버렸어요.

이틀 간의 연휴 기간 동안, 정신 없이 뛰어다녀 아내를 미국으로 보냈다구요.

스스로 움직일 수 있을 때, 보고 싶은 사람들 얼굴이라도 한 번씩 보고 싶다기에 그렇게 했다고...

아내를 사랑하지만 순간, 순간 날 더 사랑했다고... 그것이 잘 된 것인지, 잘못된 것인지는 그리 중요치 않았답니다.

내가 있어 그냥 부자가 된 것 같고, 행복한 남자라고 생각했답니다.

자기 인생에서 날 만난 건 큰 행운이고 신이 주신 마지막 선물이라고 생각한답니다.

그렇지만, 내 맘을 채워줄 만큼 여유롭지도 한가롭지도 못한 현실에 금방이라도 놓쳐 버릴 것 같은 불안한 마음을 항상 가지고 있었답니다.

그 날이 너무 빨리 온 것이 그냥 속상하고 슬프다고, 욕심 내지 않고 편하게 만나고 헤어지고, 전화도 하고, 차도 마시고, 때론 술도 한 잔 하고, 노래도 부르고, 여행도 하고, 웃고 울고 토라지고 달래기도 하고, 사랑도 하고 싸우기도 하지만, 금새 화해하고 항상 그리워하지만, 참고 지낼 수 있는...

그런 사람으로 곁에 있어주면 안 되냐고 매달리고 싶답니다.

세상은 그대론데 마음이 문제라며 웃으면서 전화 달라구요... 전화 기다린다구...

사랑 한다하더이다.

마포에서 하늘 마저 슬퍼 보이는 목요일 오후

3월 4일

102

그의 아내가 항암 치료중입니다.

 얼마나 시간을 가지고 있는지도 몰라요.

 나도 그 사람의 마음이 공허함을 메꾸려 하는 걸로 알았지만, 내 마음을 짓누르는 이 소란함이 무섭고 두려워 말하고 싶었습니다.

 그저 보봐르나 싸르트르처럼 만나고 보지 못해도, 그저 그렇게 살 수 있다면 좋겠어요.

 나이 사 십이 넘은 세상!

 살만큼 자리 지킴 한 아줌마가 더 어울리는 자리인데...

 항상 결론도 다 내리면서 선과 악이 저울질해요.

 자꾸만 세상에서 만든 도덕적인 것과는 반대로 불륜이라도 사랑하라고 말입니다.

 사랑은 한 번만 하는 거라는데 ...

 한 번만 할 수 있게 나를 도와 줄 신이 계시길!

 사랑이 이렇게 정말 내 가슴을 용광로에 넣어 달구어 낸 쇠젓봉이 휘저어 다 태워 버리기만 하지, 태워 재가 되게 하지도 못하게 하는...

 이런 게 사랑인걸 몰랐어요.

소설이나 드라마 영화에서나 나오는 객관적인 남들 얘긴 줄 알았는데!

시집 너무 가슴에 와 닿았어요.

P58 기도

그가 하루에 한 번씩 꼭 보라더군요.
흔들리지 말고 편하게 믿으라고 말예요.

그래도 늪에 빠져 있는 것 같아요!

허우적일 때마다 더욱 더 조여들어 깊이 빠지는...

<고마워요. 날 사랑해줘서...>

내가 사야겠어요. 시애틀에 가면 차를 마시며 읽어볼게요.

좋은 작품 많이 해산하세요!

우물가의 여인이

MAR. 16. 04

2.

며칠 전 방안에서 슬픈 드라마를 보며 어깨를 들썩이고 있는 아이의 모습에 난 또 다른 아픔을 느끼며 문을 닫고 말았습니다.

뱉어버리려 했던 유리 조각이 목에 걸려 뱉으려 해도, 삼키려해도 안 되는 아픔을...

왜? 하필이면 이 나이에...

이럴 수가 있는 것인지!

그를 보내준 인연을 원망하기엔 너무도 힘이 들어 울기도 쉽지 않습니다.

내가 왜 울어야 하는지, 내가 왜 심란스럽게 복잡해져야 하는지.

아픈 채로 간직하고 털어 버리지도 생각하지도 말고 살아가면 안될까 나 스스로 최면을 걸어봅니다

전화를 해서 늘 안부를 전해주지만, 반가워 할 수도 없습니다.

만나자 하지만, 만나고 싶은 맘 없다 했습니다.

끈적끈적거리는 아교처럼 지워지지 않는 끈적임!

그것 또한 슬픈 드라마를 보다가 어깨를 들썩거리며 울었던 아이의 엄마 그 모습을 갖고 살아가는 것이 쓰라려도 어쩔 수 없는 현실의 이면인걸요...

가증스런 내 모습을 거울에서 볼 때마다 슬퍼요.

그는 대체 어떤 맘으로 자꾸 이러는지?

아닌 것도 같구 맞는 것도 같구.

이젠 다 믿기지 않는 세상을 사는 기분입니다.

신경정신과 치료라도 받고 싶을 만큼 불안하기도 하고, 잠도 숙면을 취해 본지도 언제 인지, 보는 이들이 어디 아픈 사람처럼 보인다고 다이어트 하냐구?

말도 하기 싫을 만큼 버거운 이 맘을 왜 갖게 하는 건지! 정말 예전의 내 모습대로 살고 싶어요...

MAR. 23. 04
　　우물가의 여인이

3.

햇살 가득 펼쳐진 바다를 보았지만 우울한 마음은 사라질 줄을 모르고 오히려 그렇게 아파하지 말고 바다 속으로 들어와 포근히 쉬려무나 하듯이 속삭임에 순간 아찔한 현기증으로 철퍼덕 선착장 끄트머리 앞에서 주저앉아 버리고 말았습니다.

그의 말처럼 세상은 그대론데 마음이 문제라는 것!

연락조차 피할 수도 없는 내 처지가 우습군요.

그를 첨 보게 된 것은 바로 우리 집, 그리고 집 전화번호까지도 ...

그는 회사 일로 저희 아파트를 오가게 되었습니다.

공사로 인해 구청에 민원을 접수시키고 직접적인 해를 입은 우리 집은 공직인 문제가 될 수도 형사적인 문제까지도 되는 일이었지만 엔지니어들의 공식으론 맞아떨어진 설계였어도 주민들과 우리집에 홍보조차도 묵살한 채 일을 하게되어 사과 차 방문하러 왔었습니다.

아래 직원을 대동해 찾아온 그는 여러가지 기술적 용어를 써가며 설득시키려 했지요.

듣고 있던 난 그들의 말이 어떤 내용인지 이해가 되어 그들이 말하는 용어처럼 응대하고 별문제 없이 끝날 무렵, 던지는 한마디가 진작 이런 분을 만났어야하는 건데 하는 작은 입엣말을 하더군요.

그리곤 며칠 후 관리소장을 통해 사무실에서 만났죠

점심식사 제안을 했지만 사양하고 나왔습니다.

집에 남긴 피해 보상을 해준다하여 별 말없이 왔
어요

얼마 후 관리소장이 직접 통화를 해야 할 것 같
다면서 그쪽에서 전화할거니까 효부를 보라 하더군
요.

그렇게 해서 만나게 된 건데...

이렇게 되리라곤 전혀 생각도 못했는데 말예요

일 때문이 아니라 그냥 만나고 싶었다고 보고싶
다고 많은 주부들을 아파트 공사 때마다 상대해봤
지만 이 십여 년을 한결같이 앞만 보고 살아왔다고
합니다.

자신은 성실했고 지금도 열심히 살아간다고 합니
다.

감사의 목례로 답하곤 돌아왔습니다.

사람이 사람을 그냥 좋아한다는 게 그리 쉬운 일
은 아니라는 거 알면서도 거절할 수밖에 없는 당연
한 일인 거라고 세뇌시켜버렸습니다.

그 한마디 듣고 갑자기 추워진 바람을 맞는거 같
았습니다.

그리고는 그의 아내가 유방암 수술 후 치료 중 이미 다른 곳까지 전이되어 항암치료 중이라는 걸 알았을 때 여러 가지 면으로 생각을 해보았지만 진심 어린 그의 맘을 읽게 돼버렸어요.

그것이 나에게 얼마나 큰 아픔인지를 알면서도 읽고 말았습니다.

이젠 그도 차분하게 삼정을 추슬러 주길 바랄 뿐!

아직 괴로움에 덜덜 떨며 전해오는 수화기 속의 목소린 어린 아이가 배가 고파 엄마 젖을 찾다 지쳐 더 울어댈 기운조차 없어 잠에 빠지는 소리의 떨림을 전해줍니다.

지금 난 구천을 떠돌아다니는 넋인 것 같습니다.

이슬비 오는 날에 우물가의 여인이

4.

여자는 변덕스러워서 턱에 수염도 나지 않는다는 말!

인정하겠습니다.

지금 제가 그렇다는 거예요.

변덕이 죽 끓듯 한 저 말입니다.

하지만 앞으로는 그런 일이 또 있을 거라고 생각하지 않습니다.

왜냐하면 이미 님의 품에서 사라질꺼니까요!

서로 살아온 시간들이 너무도 많은 것을 보여준 것 같습니다.

님의 아내가 보여주듯, 제 남편이 보여주듯...

치유할 수 없는 무의미한 것을 사랑이라는 말로 빙자해 감히 깨트릴 수 없는 것들을 산산조각 나게 할 수도 없는 님과 저는 여기서 종영을 비추는 자막을 들어야 합니다.

서로에게 무시할 수 없는 일들을 각자 똑같이 나누었습니다.

그러나 각자의 폐부 깊숙이 물들어져 있는 색깔은 지우기 어렵다는 것 또한 지니고 끝내지 못할 숙제입니다.

한사코 편안하고 좋은 쪽으로의 생각을 권유하는 님은 지나가듯 만나는 인연이 아니라고 하지만...

아닙니다. 결코!

우린 서로가 그런 용기를 갖지도 못합니다.

늘 병마의 고통과 싸워야 하는 님의 아내를 지우지 못해 슬픔으로 가득 찬 간과 창자가 녹아 들어갈 듯 님은 지켜내고 싶은 간절함을 알게되었습니다.

님에게 여자로 느껴져 사랑을 받았지만, 그건 단지 아내가 줄 수 없는 부분을 대신 채워 (부인하지 마셈)- 현재를 위시한 님의 주변을 지켜내려는 가짐을 보게 되었습니다.

그것 또한 저도 마찬가지라는 것도 말입니다.

서로 묶었던 매듭을 손쉽게 같이 풀어 버렸으면 좋겠습니다.

저는 남편으로부터, <>님으로부터 편해지고 싶습니다.

제 모습이 마치 아이들이 날렸던 연이 어느 가지에 엉키어 줄이 끊긴 채 주인을 잃고 비와 눈에 젖고 찢어져 바람에 날리어 모양조차 연이라 할 수도 없어지고 연을 매었던 실만 남아 차츰차츰 삭아 없어져야 하는 쓰라린 고통을 겪어야 하는 거 같습니다.

온 밤이 하얗게 다 지나가도록 잠깐 잠에서 꿈을 보게된 환상은 침대 위에 내 팔이 교차되어 묶인 채 하얀 회벽으로 칠해진 길다란 방에 눕힌 채로 입엔 흐느끼지도 못할 만큼 강하게 조인 재갈 때문에 눈물만이 흘러 땀과 함께 범벅이 된 머리카락이 엉클어져 얼굴에 붙어 눈에 보이는 것도 없었습니다.

움직이지도 못하게 묶인 채 눈동자만 치켜 뜨고 올려다보았더니 회색의 철문에 편지지만큼의 창이 있는데 그나마도 철망으로 가려져 밖이 보이지도 않았습니다.

그 순간 소름에 끼쳐 놀라 눈을 떴을 때, 가위눌려 놀란 듯 머리 속에서 흘러내리는 땀을 닦으며 얼굴을 감싸는데 끈적거리는 점막의 액체가 손에 묻어나 불을 켜보니 코피가 흐르는 거였어요.

냉담하며 등을 돌려 다정다감하게 부르던 그분의 목소리를 외면했습니다.

귓가에 준엄한 소리가 들려왔습니다.

지금 네가 내 곁을 떠나간다면 내가 아파하는 만큼의 두 갑절의 아픔을 겪고 돌아오라는 말씀이 깨

달아지기 시작했습니다.

그것이 바로 이런 내 모습인가 봅니다.

팔자라는 거 우스웠습니다.

그렇지만 저는 그 팔자라는 걸 조금은 믿고 받아들여야 되나봅니다.

사랑하기 때문에 보내 준다는 말!

많이 들었지만 그도 세가 해야 할 몫인가 봅니다.

서럽고, 아프고, 힘들지만 해야만 하는 다짐이 흔들리지 않습니다.

다시는 변덕 부리지 않을 것 같습니다.

그 분은 내게 이런 용기를 주셨습니다.

여명이 밝아올 때...

정말 진정한 사랑이라고 생각했습니다.

흘러내리는 눈물 속엔 침대 위에 잠든 아이의 모습이 보여 흐려지기 시작했습니다.

님도 이런 감정과의 소용돌이를 더 깊고 가득 심오하게 느낄 겁니다.

아내의 몫까지 다 맡아 해야하니까 말예요.

얼마 전 유명을 달리한 친구!

한 동안 생각도 나지 않았던 것 아세요?

특히 님을 만날 땐 까막히 그 친구가 내 옆에 있다갔는지 조차 느끼지 못했습니다.

그렇듯 시간은 보이지 않으면 모든 것을 지우개보다 더 깨끗이 지워주고 비워주더이다

이젠 바람에 한들한들 흔들리는 나뭇가지가 되지 않겠나이다.

님도 저도 이젠 고목이 베어지고 남은 밑둥을 찾아 편히 쉬고 싶으니까 말입니다.

편하다보니 같이 하고 싶은 생각이 들겠지만 아차! 싶을 순간적인 깨달음이 찾아 듭니다.

그 밑둥은 아직 뿌리를 땅에 깊게 뻗어 그대로 썩어 가며 밑둥을 내어 주니까요!

그건 바로 님의 아내이고 제 남편이라 생각되어집니다.

시간을 두고 서로를 바라보고 뒤 돌아가 보기로 해봐요?

전 남편이 싫어도, 죽고 싶어 달아나 도망가고 싶어도 살았습니다. 앞으로도 그럴 거구요.

님은 사랑을 선택하며 힘들게 가정을 갖게되었잖아요!

긴 병에 효자 없다는 옛말 틀리지 않는 것 같습니다. 님을 보니까 더더욱 그렇습니다.

아프지 않은 아내였다면 생기지 않았을 일들!

아프기 때문에 이럴 수밖에 없었다고 아내에게 고백하는 일은 만들지 않길 원합니다.

저 역시 남편을 사랑하지 않아 사랑을 찾고 싶어 그랬다 고백하기 싫으니까요.

제겐 부담스럽습니다.

사랑했지만 아파서 함께 하지 못해 하는 아내!

마음의 문을 열지 않는, 병을 이겨내려 하지도 않는 아내에게 사랑이 식어 버렸다고, 이제 지쳤다고, 그저 의무적으로 고식적으로 현실에 피할 수 있는 위치까지만 살아가 달라고 하는 식의 표현은 하지도 생각지도 마소서!

사랑하는 마음이 다 제게로 왔다고는 했지만 허공을 가르는 칼날의 굉음만이 들릴 뿐입니다.

잠시 헛것을 보고 빠져들었던 판토마임처럼 지나보내기로 해요!

그럼 시간이라는 괴이한 능력을 가진 깃이 님과 제 맘을 재워줄 겁니다.

대부분 님의 아내 같은 여자들의 진실을 보면 마지막 회고록에 쓴답니다.

남편이, 내가 강하게 무식하게 진저리나게 거부하며 밀어내도 그래도 남편이 나만을 사랑한다며 눈물 젖은 눈으로 입술을 포개어 안아주길 눈을 뜰 수 없고 소리가 들리지 않을 때까지도 그렇게 해주길 가슴속에서 찢기어 가듯 울부짖었다고 하더이다.

마지막 소원이었는데 말하지 못했던 게 후회되어 눈도 편히 못감겠더라는! 그래서 살아야하겠다는 그토록 내 맘을 모르는 걸까! 하며 마지막을 겪으며 고통스러웠던 일들의 외침이었다고 말하더이다.

그런 맘을 느낄 수 있어요!

저도 여자이고 아내이기에 가슴을 저미듯 다가서며 괴롭습니다.

님의 아내도 절규하지만 사실은 아닐 겁니다.

아내에게 자리를 확인 할 수 있게 해 보세요?

님의 생각과 소망은 바로 느껴질꺼예요.

한 번 생각을 더듬어 지나가 보세요.

님의 따듯한 가슴과 묻혀진 사랑은 다시 환하게 피어날 겁니다.

저에게 주셨던 호의와 배려 감사했습니다.

오랫동안 추위 떨겠지만 참고 있다보면 따듯해질 거라고 참아내면 곧 온유해질 거라고 그 분도 제 영혼을 보듬어 안아 주시겠답니다.

가시 면류관을 대신 써 주셨다고 네 머리는 따갑고 아프지 않을 거라고 못을 박고 십자가에 매어 달려 있을 빌요도 없이 대신 하셨다고 제 손과 발은 하나도 아프지 않을 거라고 말씀하십니다.

그리고 시간은 이름 석자까지도 지우개로 지운 것 보다 더 깔끔하게 없애 주기도 한답니다.

힘내시고 희망을 버리지 마세요!

사랑하세요. 다시 님의 아내를...!

그리고 제게 서운함도 애틋함도 화도 내지 마소서!

정말로 사랑했다면 말이니이다.

슬픔도 보이지 마소서!

난 더 아픈 슬픔에 눈물이 채워져 넘칠지라도 참을 것이오니이다.

쉽지 않겠지만은요!

P;S-- 이 다음 다음에 볼 수 있게 되면
웃음으로 인사해 드리리다.

5.

그동안 많이 아팠습니다.

이 어려운 길이 계속 된다해도 사랑은 꺾이거나
굽어지지 않는다는 것.

언젠가 다시 만나길 빌면서.

가슴에 난 상처를 치료하려면 더욱더 아픈 고통
을 참아내야 하는 법...

그렇다고 치료를 받겠다고 쉽게 결정도 내리지
못하는 일...

초자연적인 힘을 빌어서라도 같이 있을 수만 있
다면 이렇게 순종하며 묵묵히 받아 들여야만 하는
것이 공평하지 않은 것 같습니다.

제게 소식 전해 주신 것 감사하나이다

요 며칠 전 시애틀에서 비가 오는 창가를 내다보
며 페파민트를 마시면서 입안에 퍼져 목으로 알싸
히 넘어가는 멘톨의 짙은 향이 눈물을 고이게 하더
군요.

작가님의 시집 한 장도 채 읽지 못하고 페파민트 향을 마저 삼키지도 못하고 나와 버렸습니다.

밖이 싫어요.

너무 화사하게 요염을 발사하는 봄날 향기도 꿀꿀한 빗소리도...

6.

건강하시죠?

가슴 시린 소식에 어쩔 수 없이 답답함에 소리 없이 가슴앓이를 하고 있습니다.

그의 아내가 이젠 주사까지는 아직 아니어도 마약의 진통제를 먹고 있답니다,

너무 불쌍해서 못 보겠다고 말입니다.

얼마 남지 않았다는 것을 말하고 있었습니다.

그런 그에게 어찌 위로를 해야 할지조차 모르겠습니다.

제 자신도 심한 불면증으로 수술 후 안정을 찾지 못하고 있답니다.

우울증 치료를 받기는 하지만 제때에 받아야 하는 의지도 제 맘대로 되질 않아 입원을 하라고 권

유를 받았답니다.

어떻게 신은 제게 이런 사랑을 형벌로 주시는 건지 벗어 창 밖으로 던져 버리고 싶은데 그를 생각만 하면 하늘 같이 귀한 나의 님으로 가슴에 묻고 살려 했는데 지금 그의 떨려 오는 소리에 그만 감전 된 것 마냥 멈춰 버리고 만 것 같습니다.

사랑, 사랑, 사랑이 도대체 왜 이렇게 용광로에서 막 달구어진 쇳덩이가 후벼대는 것 같은지 왜 이리 아파야 하는 건지, 이렇게 안되면 안 되는 건가요?

큐피트 화살을 되돌릴 수 있다면...

건강하세요, 그리고 카페에 차 마시러 갔다가 시집 보았어요.

늘 감정 속에 깊이 가시처럼 박혀 가슴 아린 글들이 제겐 위로가 됩니다.

나 보다 더 아픈 사람들이 사랑을 하고 있다는 걸 알았으니까.

근데, 이 사랑을 정말 여기서 끝맺음 할 수 있을지 모르겠네요. 이 아린 사랑을...

😈악마정재

왜 그렇게 힘들게 시작한 사랑을 끝내려고 해!!

그러지 말고 조금만 더 기다려봐.

그럼 그 남자 부인도 곧 죽게 될 테고... 그 남자와 함께 할 수도 있고... 설령 그렇지 못하더라도 가끔씩 만나 인생과 사랑을 노래하며 적당히 즐기면 되잖아.

이 무료하고 지루한 인생... 그 정도의 로맨스도 없으면 무슨 재미로 살아. 남들도 다 하는데 뭐 어때??

☺ 천사정재

아파하지 마세요... 마음이 너무 아프네요...

사랑이란 감정은 그렇게 모든 게 잘 맞아떨어지는 순간에 다가오는 것만은 아닌가 봐요.

시간이 흐르면 모든 게 추억이 되어버린다는 것을 잘 알면서도 그 시간들은 우리를 많이 아프게 하죠. 특히 모든 것이 너무나 명확해서 어떤 기대도 할 수 없는 그런 사랑들은... 이루어지기가 어렵고 힘들고 이루어질 수 없기 때문에 더욱 절실하고 애절하고... 더욱 슬프고... 그래서 더 헤어 나오지 못하는 것 같아여...

하지만 아플 것 다 계산하고 조금만 마음 준다면 그건 사랑이 아니죠.

평생을 통해서 한번 정도는 자신의 전 존재를 몰입할 정도의 뜨거운 사랑 한번 해 보아야 한다고 믿어요.

그 결과가 지독한 아픔일지라도 세상에 태어나서 그런 사랑했으므로 행복할 것 아닌가요?

그냥 마음 가는데루 놔둬여!!

사랑은 그렇게 오구 그렇게 쉽게 가더라구여... 그렇게...

하아~ 그 넘의 사랑이 대체 뭔지~ㅠㅠ

※ 위에 실린 내용들은 저자에게 개인적으로 보내온 사연과 인터넷에 올라온 사연들 중에서 그 내용이 애틋하거나 안타까운 것만을 몇 편 선별하여 나름대로 수정, 보완한 것입니다.

후에도 사랑으로 인해 힘겨워하거나 고민이 있는 분들이 있으시면 메일(*bsbj3030@hanmail.net*)을 통해 그 사연을 보내주세요.

그럼 '악마정재와 천사정재'를 통해 함께 고민하고 아파하며 난마처럼 헝클어져 있는 그 매듭들을 풀어보도록 노력해 보겠나이다.^^

인간은 눈물을 흘림으로써 세상의 죄악을 씻어낸다. ―도스토예프스키 하나님은 당신을 사랑하십니다!

금이 가고 조금 깨어진, 오래된 물 항아리 하나가 있었습니다.

그 항아리의 주인은 다른 온전한 것들과 함께 그 깨어진 항아리를 물을 길어 오는데 사용했습니다.

오랜 세월이 지나도 그 주인은 깨어진 물 항아리를 버리지 않고 사용했습니다.

깨어진 물 항아리는 늘 주인에게 미안한 마음이었습니다.

'내가 온전치 못하여 주인님께 폐를 끼치는구나. 나로 인해 그토록 힘들게 구한 물이 새어 버리는데도 나를 아직도 버리지 않으시다니...'

어느 날, 물 항아리가 주인에게 물었습니다.

"주인님, 어찌하여 저를 버리고 온전한 새 항아리를 구하지 않으시나요. 저는 별로 소용 가치가 없는 물건인데요"

주인은 그의 물음에 아무 말도 하지 않은 채 그 물 항아리를 지고 계속 집으로 가고 있었습니다.

그러다가 어느 길을 지나면서 부드럽게 말했습니다.

"얘야, 우리가 걸어온 길을 보아라."

그제야 물 항아리는 그들이 늘 물을 길어 집으로 오던 길을 보았습니다.

길가에는 예쁜 꽃들이 아름다운 자태를 자랑하듯 싱싱하게 피어 있었습니다.

"주인님, 어떻게 여기에 이토록 예쁜 꽃들이 피어 있을까요?"

주인이 빙그레 웃으며 말했습니다.

"모두 메마른 산 길가에서 너의 깨어진 틈으로 새어 나온 물을 먹고 자란 꽃들이란다."

제가 '생명의 삶'이란 책에서 읽었던 내용입니다.

사실, 전 주님을 만나기 전까지만 하더라도 이 세상에서 가장 가치 없고 못난 존재인줄로만 알았습니다.

매사가 부정적이고, 작은 일에도 화를 내었으며, 불평·불만을 늘어놓는 일에도 아주 익숙했었습니다.

원하는 만큼 출세도 못했고, 남들이 다 알아 줄만한 일을 못했다는 낮은 자존감에 늘 괴로워도 했습니다.

하지만 하나님은 끝까지 인내하시면서 계속 제 마음의 문을 두드리며 물으셨습니다.

"얘야, 이제는 나를 받아들일 준비가 되었니?"

내 인생에서 가장 큰 기적을 말하라면 하나님을 비방하고 욕되게 했던 내가 지금 교회를 나가고, 그 분의 뜻과 부르심에 순종하며 살고 있다는 것입니다.

하나님께서는 세상에 둘도 없는 이 죄인에게 날마다 주님을 만나게 해 주셨고, 병든 제 영혼을 치료해 주시며 믿음의 길로 인도해 주셨습니다.

예수님께 사랑 받고 예수님을 사랑하는 법을 가르쳐 주셨고, 회개하는 법과 참고 인내하는 법, 용서하는 법을 가르쳐 주셨습니다.

여러분들도 삶의 가장 힘겨운 도전과 마주쳤을 때, 하나님께서 부르시면 그분으로부터 도망가지 말고 그 분의 뜻과 부르심에 순종해 보세요.

그 분은 정말로 최선의 것을 알고 계십니다.

고난과 시련이 찾아올지라도 두려워하거나 도망가려 하지 마세요.

하나님은 고통을 통해서 우리의 교만을 깨닫게 하시고, 우리가 회개하는 모습을 통해서 하나님을 모르는 사람들을 구원하길 기뻐하시는 분이 시니까요...^^

−에필로그

　많이 부족한 사람이 또다시 한 권의 책을 엮
어보았습니다.

　늘 그렇지만 나의 넋두리가 어딘가에서 홀로
눈물짓고 있는 단 한 사람에게라도 읽혀져 그의
지치고 아픈 영혼에 작은 위로의 노래가 되었으
면 하는 작은 욕심을 부려봅니다.

　그러면서 서툰 나의 몸짓이 혹여 세상의 진실
을 아프게 할까 그게 여전히 두렵기도 합니다.

　부디 온몸으로 쓴 사랑의 노래가 고운 잔향이
되어 여러분들의 가슴속에 오래도록 머물길 소
망해봅니다.

　그럼 다음 작품에서 다시 인사드릴 것을 약속
하며, 혹여 서해안 쪽을 여행하시는 분들은 저자
가 고향 당진에서 운영하는 <최정재 시인의마
을>에 꼭 한번 놀러 오시기 바랍니다.

　향 좋은 차 한산 내접해 드리겠습니다 ㎖^^

죽어서도 사랑할 당신

인쇄일   2022년 9월 2일
발행일   2022년 9월 7일
저 자   최정재
발행처   뱅크북
신고번호   제2017-000055호
주 소   서울시 금천구 가산동 시흥대로 104다길 2
전 화   (02) 866-9410
팩 스   (02) 855-9411
이메일   san2315@naver.com